Analyse de l'œuvre

Par Justine Aerts

Louison et Monsieur Molière

Marie-Christine Helgerson

lePetitLittéraire.fr

Analyse de l'œuvre

Par Justine Aerts

Louison et Monsieur Molière

Marie-Christine Helgerson

lePetitLittéraire.fr

Rendez-vous sur lepetitlitteraire.fr et découvrez :

Plus de 1200 analyses
Claires et synthétiques
Téléchargeables en 30 secondes
À imprimer chez soi

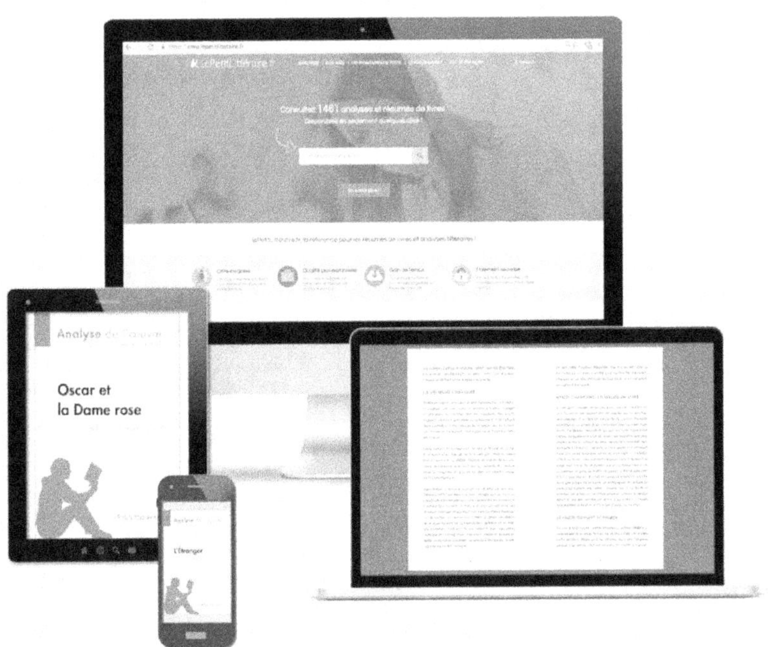

LOUISON ET MONSIEUR MOLIÈRE

UN ROMAN JEUNESSE

- **Genre :** Roman jeunesse (fiction historique)
- **Édition de référence :** *Louison et Monsieur Molière*, Paris, Flammarion, 2019, 128 p.
- **1re édition :** 2001
- **Thématiques :** théâtre, Molière, histoire, ambition, persévérance.

Louison et monsieur Molière est un court roman écrit pour un public dès 9 ans. Dans un langage simple et fluide, l'œuvre permet de manière ludique et divertissante de se plonger dans l'univers du théâtre du XVIIe siècle et, plus particulièrement, dans la vie et l'œuvre de Molière. Pour rédiger cet ouvrage, Marie-Christine Helgerson tire son inspiration de l'histoire littéraire française avec l'aide de son mari, Richard Helgerson, spécialiste de la littérature européenne. Habitué à la soutenir dans son travail d'écrivaine, il collabore avec elle dans l'écriture de ce roman grâce à ses recherches sur Molière et sa découverte de l'existence de Louise Beauval, dont l'histoire inspire la romancière pour créer son personnage de Louison. Le parcours académique et littéraire de son mari est sans aucun doute une aide précieuse qui explique le caractère bien documenté et historiquement fidèle de *Louison et monsieur Molière*.

MARIE-CHRISTINE HELGERSON

ÉCRIVAINE SPÉCIALISTE DE LA LITTÉRATURE POUR ENFANTS

- **Née en 1946 à Lyon (France)**
- **Quelques-unes de ses œuvres :**
  - *Quitter son pays* (1981), roman
  - *Claudine de Lyon* (1984), roman
  - *Dans l'officine de maître Arnaud* (1991), roman

Née en France dans les années 1940, Marie-Christine Helgerson déménage aux États-Unis à l'âge de 20 ans, où elle réside ensuite avec son mari et sa fille. Avant de se tourner vers l'écriture, elle entame des études de philosophie à l'Université de Lyon. Elle continue ensuite sa carrière dans une école américaine où elle travaille auprès d'enfants ayant des difficultés, notamment pour lire. Au contact des enfants, elle se rend compte de l'importance de leur offrir la possibilité de lire des choses intéressantes et accessibles. Elle publie alors son premier roman en 1978, intitulé *Histoires comme tu voudras*, destiné à un public entre 3 à 6 ans et publié dans la collection « Père Castor » aux Éditions Flammarion. Tous les autres ouvrages qu'elle publie s'adressent aux enfants. Elle y aborde tout de même des thèmes sérieux, souvent en lien avec l'enfance, en mettant en scène des personnages confrontés dès le plus jeune âge aux problèmes du monde adulte : immigration, guerre, travail, exploitation enfantine, manipulation, racisme, xénophobie, sexisme, etc. Pour aborder ces thèmes, elle utilise un style précis qui caractérise de façon documentée le contexte social ou la période historique du roman.

RÉSUMÉ

DIRECTION PARIS

En 1670, la famille Beauval quitte Lyon pour rejoindre Paris lorsque le Roi fait appel aux talents d'actrice de Jeanne Beauval pour rejoindre le théâtre du Palais-Royal (le théâtre de M. Molière). Son mari, également acteur, a aussi sa place dans la troupe.

À Paris, Louison, âgée de 10 ans au début du roman, assiste aux répétitions de ses parents et admire M. Molière, qui supervise la pièce qu'il a écrite et dont il joue le rôle principal. Elle voudrait devenir actrice comme sa mère, mais à peur d'être trop laide pour cela. M. Molière vient souvent diner chez eux. Un jour, il soulève la nappe et voit Louison qui joue sous la table. Intéressé par son air drôle, il dit qu'il pourrait peut-être lui trouver un rôle dans la troupe.

Louison, déterminée à devenir actrice et persuadée que faire le singe sous la table ne suffira pas à attirer l'attention de M. Molière, décide d'exercer sa mémoire en apprenant des textes avec l'aide de sa gouvernante Frosine. Pour ce faire, elles achètent *Le Bourgeois gentilhomme*, que Frosine, sachant lire, récite à Louison qui répète les scènes pour les mémoriser.

APPRENTISSAGE

Pour qu'elle puisse se débrouiller seule à la lecture et apprendre à écrire, Frosine emmène Louison chez les Ursulines, un groupe de religieuses qui lui enseignera tout cela. Elle lui conseille de ne pas y dire le métier de ses parents, car les acteurs sont considérés comme des amuseurs de foire. À son grand bonheur, Louison apprend à lire et se débrouille très bien. Elle devient la première de la classe. Cependant, un jour, la catastrophe arrive : Louison, sans réfléchir, dit à une des sœurs qu'elle souhaite devenir actrice comme ses parents. Louison est renvoyée, mais part la tête haute, heureuse d'avoir eu le temps d'apprendre à lire et à écrire.

Louison peut maintenant lire des manuscrits et épate Frosine. Elle connait à présent la pièce *Le Bourgeois gentilhomme* par cœur et continue d'aller la voir au théâtre. Au premier rang, elle voit sa mère se pétrifier sur scène : elle a un trou de mémoire et se met à trembler. Louison, qui connait la réplique manquante, la lui souffle. Louison s'attend à des remerciements de sa part lorsqu'elles rentrent à la maison, mais sa mère ne se montre en rien reconnaissante et gronde même Louison de mettre son nez dans ce qui ne la regarde pas.

RENCONTRES AVEC M. MOLIÈRE

Pour se distraire, Louison s'imagine des petits rôles de comédie. D'un coup, elle glisse dans le salon et imite un mort. Les adultes ne la remarquent pas tout de suite et continuent leur conversation. C'est finalement M. Molière qui se lève pour aller voir ce qu'il se passe. À son grand bonheur, il dit qu'il a été effrayé.

Alors qu'elle n'en a pas le droit, Louison se rend dans le grenier, sa curiosité piquée par l'interdiction de s'y rendre. Elle y découvre une dizaine de portraits de sa mère, tous moins jolis que celui qui est affiché dans le salon. Quand Frosine se rend compte qu'elle a désobéi, elle lui fait promettre de ne pas retourner au grenier, mais Louison se tait, car elle sait qu'elle y retournera.

Un jour, Louison entend M. Molière sangloter : son amie et belle-sœur Madeleine est morte. Il s'inquiète de ne plus trouver d'actrice aussi bonne qu'elle. C'était sa conseillère et sa muse. Louison comprend son grand chagrin et court près de lui et de sa mère, mais celle-ci veut la chasser. M. Molière l'arrête, expliquant que la petite apaise son chagrin. Il lui confie avoir été inspiré par son numéro de l'autre jour et lui dit qu'il va s'occuper d'elle. Il lui raconte que son fils s'appelait Louis et aurait eu 10 ans, comme Louison. S'il avait eu une bonne santé, il aurait bien voulu que celui-ci reprenne sa troupe et soit directeur de théâtre. M. Molière est fatigué, sa santé se dégrade, il tousse de plus en plus.

Dans le grenier, Louison lit le manuscrit du copiste de M. Molière pour répéter seule pendant des heures. Devant son papa, attentif, elle interprète différents personnages de M. Molière, en adoptant à chaque fois une voix différente.

PREMIERS PAS D'ACTRICE

M. Molière fait une surprise à Louison : il a écrit une nouvelle pièce et voudrait qu'elle soit actrice dedans. Louison éclate de joie et accepte la proposition sans hésitation. M. Molière, malgré les réticences de sa troupe, impose son envie de faire jouer Louison dans sa prochaine pièce.

Louison commence les répétitions avec M. Molière, qui lui apprend à changer son accent de province. Elle s'exerce de longues heures pour être à la hauteur. Elle apprend ensuite la scène dans laquelle elle joue une petite sœur (Louison) qui apprend à son père (Argan) la rencontre secrète entre sa sœur (Angélique) et son ami (Cléante). M. Molière ne s'est pas seulement servi du prénom de Louison, mais aussi de son idée : au milieu de la scène, elle doit faire semblant d'être morte. Au Palais-Royal, Louison est intimidée et a peur de ne pas y arriver, mais M. Molière la rassure et continue de la conseiller. À la maison, elle se maquille comme sa maman et se sent comme une vraie actrice.

Lors de la répétition générale, l'état de santé de M. Molière s'aggrave, mais il continue sa scène, même s'il est épuisé. Après la répétition, les acteurs vont manger dans une auberge, mais Louison n'est pas conviée. Fatiguée d'être traitée comme une petite fille, elle supplie ses parents de l'emmener avec eux. Cependant, ils refusent et sa mère continue de la rabaisser, lui disant qu'elle n'est pas à la hauteur.

Vendredi 10 février 1673, la première représentation du *Malade imaginaire* a lieu. Alors que sa mère se prépare, Louison lui récite son texte. Elle lui fait des remarques négatives, comme d'habitude, mais avoue tout de même que sa fille a fait des progrès. Mme Molière est chez les Beauval et s'inquiète de l'état de son mari qui empire. Jeanne lui parle de sa fille, qui deviendra peut-être une actrice, et Louison s'étonne d'entendre encore une fois quelque chose de positif sortir de la bouche de sa mère.

Dans les coulisses, les acteurs sont prêts à entrer sur scène. Bientôt, Louison commencera sa carrière d'actrice. Le trac augmente. Louison entre et oublie tous les regards posés sur elle. Comme le veut la scène, M. Molière lève un fouet et fait semblant de frapper Louison. Elle tombe par terre et fait la morte, comme dans son salon. Elle joue si bien que les spectateurs ne savent pas s'ils doivent rire ou s'inquiéter. De retour dans les coulisses, elle entend les commentaires des spectateurs. Ils se demandent qui est l'enfant qui joue sur scène. À la fin du spectacle, M. Molière la félicite et l'invite à venir avec le reste de la troupe fêter la première représentation.

LA MORT DE MOLIÈRE

Lors de la quatrième représentation, Molière est en mauvais état, mais ne veut pas lâcher. Tout le monde est inquiet. La pièce s'achève et Molière s'écroule sur scène, brulant de fièvre. Louison rejoint ses parents au chevet de M. Molière, mourant dans son lit. Il félicite encore une fois sa petite Louisette. Entouré de sa troupe, de ses amis, il meurt.

La mère de Louison devient plus affectueuse. Elle dit que M. Molière ne lui aurait jamais confié un rôle si elle n'était pas capable de réussir, car il voulait que ses pièces soient parfaites. Le compliment est tel que Louison pense qu'elle se moque d'elle, mais elle est bien sérieuse. Louison n'a pas l'habitude de cette nouvelle affection.

NOUVELLE VIE

La Comédie française remplace le Palais-Royal et la troupe de M. Molière. Les époux Beauval y sont acceptés. La mère de Louison tente de faire entrer sa fille également. La directrice de ce nouveau théâtre est Victoire d'Angeville, que Louison trouve méchante. Elle renvoie beaucoup d'acteurs de l'ancienne troupe, dont Louison, qu'elle rabaisse par ses insultes. Elle lui supprime aussi son rôle dans *Le malade imaginaire* et lui interdit d'assister aux répétitions. Dans ses rêves, Louison se voit évoluer auprès de M. Molière.

À 19 ans, Louison rencontre un perruquier, Jacques, avec qui elle se marie et travaille. Le magasin est en mauvais état, plein de poussière qui fait tousser Louison. Elle craint alors d'attraper la maladie de M. Molière. Une fois par semaine, ils vont au théâtre, à la demande de Louison. Elle aurait pu être actrice plutôt que spectatrice. Voir ses parents sur la scène lui rappelle le gout de joie qu'elle a eu dans sa vie.

Son mari meurt et Louison vend le magasin pour se nourrir et se loger. Elle se fait une promesse : elle deviendra actrice et entrera à la Comédie française. Elle se présente alors devant Victoire d'Angeville et lui récite les textes de M. Molière. Celle-ci est impressionnée, mais dit qu'il lui faut encore beaucoup de travail. Elle revient finalement la chercher et lui offre des petits rôles dans *Le malade imaginaire*. Peu à peu, elle obtient d'autres rôles et se sent à sa place au théâtre.

Plus tard, elle rencontre un acteur, Bertrand Beaubour, qui, comme elle, est passionné par son métier. Louison tombe amoureuse de lui et l'épouse, malgré les conseils de sa mère de ne pas mélanger le théâtre et la réalité. Ils se marient et s'installent dans une maison avec Frosine, dont Louison s'occupe pendant sa vieillesse.

ÉTUDE DES PERSONNAGES

LOUISON

Louison est une enfant de 10 ans qui habite à Lyon avec ses parents, Jeanne et Jean Beauval, sa gouvernante Frosine, et le reste des domestiques. Plongée depuis toujours dans le monde du théâtre grâce à ses parents, tous les deux acteurs, elle rêve de suivre leurs pas sur scène et de devenir actrice. Lorsque ses parents sont appelés par le roi pour rejoindre la troupe de M. Molière à Paris, Louison déménage dans la capitale, où elle pourra découvrir davantage le monde du théâtre qui la passionne.

Elle admire la mémoire, la diction et la voix de sa mère, qu'elle tente d'imiter en s'entrainant à réciter des pièces de M. Molière avec sa gouvernante. Louison a l'esprit vif, elle réfléchit beaucoup et analyse son environnement. Elle apprend vite, notamment à lire et à écrire lors de son apprentissage chez les Ursulines. Très vite, elle arrive à mémoriser les textes comme sa mère, si pas davantage.

Louison est une jeune fille sensible, qui cherche particulièrement l'attention et la fierté de sa mère dont la froideur la fait souffrir. Si elle manque de confiance en elle, décrétant ne pas être assez jolie pour devenir actrice, elle fait en revanche preuve de beaucoup d'ambition et de persévérance pour aller au bout de son rêve. C'est une petite fille pleine d'énergie qui poursuit ses rêves, même quand les choses deviennent dures.

Elle se décrit comme étant laide, même si ce n'est pas l'avis de sa gouvernante : elle a la peau grenue, le nez écrasé, les sourcils épais, de gros yeux ronds et des cheveux rêches.

Louison est un personnage inspiré du personnage historique de Louise Beaubour (née Beauval).

JEANNE BEAUVAL, LA MÈRE DE LOUISON

La mère de Louison, Jeanne Beauval, est une actrice reconnue. Après avoir joué pour le Théâtre Patephin de Lyon, elle est appelée par le roi pour intégrer la troupe de M. Molière au Palais-Royal à Paris. Elle a une grande mémoire, qu'elle exerce grâce à son mari qui lui lit ses répliques, car elle-même ne sait pas lire ni écrire.

Jeanne est une mère froide avec sa fille, qui l'insupporte quoi qu'elle fasse. Elle la repousse constamment. Elle ne s'occupe que très peu d'elle et ne lui parle que pour lui faire des reproches. Ce n'est que quand Louison est reconnue par M. Molière et acceptée dans sa troupe que sa mère deviendra un petit peu plus aimante avec elle, au grand étonnement de Louison.

Elle est également dure avec son mari, qu'elle estime peu car il manque d'ambition : il se contente de jouer des petits rôles de laquais alors qu'elle obtient sans cesse de grands rôles.

Jeanne a une haute opinion d'elle-même et ne le cache pas. Elle se croit souvent supérieure aux autres, que ce soit sa famille ou les autres classes sociales. En tant qu'actrice, elle ne veut pas se mêler à la populace. C'est elle qui prend les décisions à la maison et les autres ne font que suivre ses désirs.

Jeanne Beauval est inspirée du personnage historique de Jeanne Oliver Bourguignon.

JEAN BEAUVAL, LE PÈRE DE LOUISON

Le père de Louison, Jean Beauval, est un homme calme, simple et gentil, qui tente de soutenir sa fille, mais n'est pas très présent dans sa vie. Il soutient sa femme dans ses rôles au théâtre en lui lisant les manuscrits à mémoriser. Il est acteur dans la troupe de Molière, mais n'obtient que des petits rôles, ce qui lui convient bien. Auparavant, à Lyon, il se contentait d'allumer les chandelles. Selon Louison, il est souvent triste à cause de la méchanceté de sa femme, qui lui reproche de ne pas avoir assez d'ambition.

Le personnage du père de Louison est inspiré du personnage historique Pitel de Beauval.

M. MOLIÈRE

M. Molière, dont le prénom est Jean-Baptiste, est le directeur de la troupe du Palais-Royal et son acteur principal. Il écrit toutes les pièces qui y sont présentées, s'occupe des comédiens, dirige les pièces et supervise tout. C'est un homme passionné par son métier que rien n'arrête, même la maladie. Il tient à soutenir son équipe et travaille dur pour que les spectacles soient les plus réussis possible.

Il a une jolie moustache longue et fine, des cheveux bouclés et un air doux et gentil, d'après la description qu'en fait Louison. Il s'attache à la petite-fille, qui lui rappelle son fils décédé trop jeune et qui se prénommait Louis.

Sa santé se dégrade au fur et à mesure du roman, mais il ne veut pas abandonner son théâtre et sa troupe. Il meurt finalement après une des représentations du *Malade imaginaire*.

M. Molière est inspiré du personnage historique du même nom.

FROSINE

Frosine est la gouvernante de Louison. Elle s'occupe tout le temps d'elle : elle l'habille, fait sa toilette, l'emmène au théâtre ou manger des tartelettes, l'aide à réciter ses textes pour qu'elle puisse un jour réaliser son rêve de devenir actrice. Elle remplit un rôle maternel dans la vie de Louison qui lui manque en raison de l'absence émotionnelle de sa mère. Contrairement à cette dernière, Frosine est douce et affectueuse avec Louison. Elle la soutient, l'encourage dans ses projets et croit en elle.

Lorsque Louison grandit et déménage avec son mari, Frosine l'accompagne. Louison s'occupe d'elle dans sa vieillesse et lui rend l'attention et l'amour qu'elle lui a donnés pendant son enfance.

CLÉS DE LECTURE

DES PERSONNAGES HISTORIQUES

Louison et Monsieur Molière est un roman de fiction historique, c'est-à-dire un roman dont l'intrigue se situe dans un cadre historique précis et identifiable. En tant que tel, la plupart de ses personnages sont issus de la réalité, plus particulièrement du XVIIe siècle et du monde du théâtre de cette époque. Le roman est bien documenté et rend compte des faits réels concernant les personnages historiques qu'il présente.

Jean-Baptiste Poquelin, alias Molière

Un des personnages principaux du roman est M. Molière, inspiré d'un des dramaturges français les plus connus de tous les temps.

Molière nait le 15 janvier 1622 à Paris, du nom de Jean-Baptiste Poquelin. Sa vocation théâtrale s'impose dès l'âge de 20 ans, lorsqu'il rencontre Madeleine Béjart, comédienne. Il choisit définitivement le théâtre en 1643, l'année où il fonde sa troupe de théâtre, qu'il nomme l'Illustre-Théâtre, en s'associant à quelques amis dont Madeleine. Il en devient l'acteur principal, mais pas seulement : il rédige aussi les pièces de théâtre. Cette troupe ne fait pas long feu, Molière croulant sous les dettes. Après un court séjour en prison, Molière quitte Paris en 1645 et parcourt alors la France avec une troupe itinérante.

Après quelques années sans succès, la carrière de Molière prend un autre tournant lorsque sa troupe est mise sous la protection de Philippe d'Orléans, frère du roi Louis XIV, en 1658. Il joue *Le Docteur amoureux* dans la salle des gardes du Louvre. Le roi apprécie tellement la pièce de Molière qu'il le prend sous sa protection. Une salle de théâtre (le Petit-Bourbon) est alors mise à leur disposition. Le public s'y rassemble et Molière perfectionne son jeu d'acteur. Ses pièces récoltent de plus en plus de succès.

Dès le début des années 1660, une nouvelle salle de théâtre est aménagée dans le Palais-Royal, dans laquelle se produit la troupe de Molière, sous la protection du roi, dont Molière devient l'artiste préféré.

Malgré la maladie qui l'affaiblit, Molière ne cesse d'écrire et de se dédier à sa passion qu'est le théâtre. Ignorant les conseils de ses amis et compagnons de troupe, il s'épuise à répéter au théâtre. Alors qu'il incarne le malade imaginaire dans sa pièce du même nom, sa maladie est bien réelle. En 1673, alors que sa troupe et lui-même performent devant le public dans *Le malade imaginaire* pour la quatrième fois, il meurt quelques heures à peine après la tombée du rideau (si bien qu'on dit souvent qu'il est mort sur scène).

Molière est l'auteur de plus d'une trentaine de comédies, accompagnées parfois de ballet, dont les titres figurent parmi les plus connus de l'histoire du théâtre : *Les Précieuses ridicules* (1659), *L'École des femmes* (1662), *Tartuffe* (1664), *Dom Juan* (1665), *L'Avare* (1668), *Le Bourgeois gentilhomme* (1670), *Les Femmes savantes* (1671) ou encore *Le Malade imaginaire* (1673).

Les époux Beauval

Jeanne Olivier Bourguignon est déjà actrice dans la troupe de Flandre lorsqu'elle épouse Jean Pitel de Beauval. Ses talents d'actrice font parler d'elle et elle rejoint la Troupe du Roi en 1670. Molière lui confie le rôle de Nicole dans *Le Bourgeois gentilhomme*. Jeanne Beauval est particulièrement connue pour son rire communicatif et sa voix stridente que Molière utilisait à des fins comiques.

Son mari, Jean Pitel Beauval, est simple gagiste et moucheur de chandelles au Théâtre Lyon lorsqu'il rencontre sa future épouse. En 1670, il suit sa femme à Paris et entre également dans la troupe de Molière. Il y joue différents rôles, comme Bobinet dans *La Comtesse d'Escarbagnas* et Thomas Diafoirus dans *Le Malade imaginaire*. Comme sa femme, il fait partie des premiers sociétaires de la Comédie française.

Même si dans le roman, on ne mentionne que Louison, les époux Beauval ont en réalité plusieurs enfants.

Louise Beauval

Louise Beauval, connue plus tard sous le nom de mademoiselle Beaubour, est la fille de Jean Pitel de Beauval et Jeanne Olivier Bourguignon. Elle débute sa carrière d'actrice en 1673 dans la troupe de Molière, quelques jours à peine avant son décès. Elle y interprète Louison, dans *Le Malade imaginaire.* Elle entre ensuite à la Comédie française en 1684. Elle se marie deux fois, mais ses deux époux meurent prématurément (dans le roman, un seul est mentionné). En 1694, elle épouse alors le comédien Beaubour. Elle interprètera pendant plus de 30 ans des seconds rôles féminins.

Pierre Trochon

Pierre Trochon, dit Beaubour, est un acteur français qui fait carrière à la Comédie française de 1691 à 1718. Il interprète en général les premiers rôles. Il se marie avec Louise Beauval.

Madeleine Béjart

Madeleine Béjart est une comédienne française née en 1618 et décédée le 17 février 1672, pile un an avant son ami Molière. En 1643, elle fait partie des compagnons avec qui Molière fonde l'Illustre théâtre. Elle jouera à ses côtés jusqu'à sa mort. Elle devient la compagne de Molière puis sa belle-sœur, celui-ci se mariant avec Armande, sa sœur, de plus 20 ans sa cadette (il est possible qu'Armande ait été en réalité la fille de Madeleine). Elle interprète notamment les rôles de Dorine dans *Tartuffe*, de Magdelon dans *Les Précieuses ridicules* et de Frosine dans *L'Avare*.

Armande Béjart

Armande Béjart est une autre actrice française. Si sa date de naissance est incertaine, nous savons qu'elle est décédée en 1700. Elle se marie avec Molière, aux côtés de qui elle interprète de nombreux rôles au théâtre.

Lully

Dans le chapitre 4, Louison est témoin d'une querelle entre M. Molière et M. Lully au sujet de celui qui est le préféré du roi. Elle le décrit comme l'intendant de la musique du roi. Cette information est véridique. M. Lully est en réalité Jean-Baptiste Lully, né en Italie en 1632. Naturalisé français, il meurt en 1687.

Dès 1652, Lully est au service du roi Louis XIV. Dans les années 1660, il est amené à travailler en collaboration avec Molière, avec qui il crée un nouveau genre : la comédie-ballet, mêlant ballet traditionnel et action dramatique. En 1670, ils collaborent notamment sur la pièce *Le Bourgeois gentilhomme*.

Vigarani

Le personnage de Vigarani est très brièvement mentionné dans le roman : Louison note sa présence lors d'une discussion entre M. Molière et M. Lully. Elle explique qu'il est responsable des décors de la nouvelle pièce de M. Molière. S'il ne joue pas un rôle important dans le roman, sa présence permet de confirmer la précision historique de l'ouvrage de Helgerson. En effet, Carlo Vigarani (1637-1713), lui aussi italien, est dès 1662 ingénieur et intendant des plaisirs de Louis XIV. En tant que tel, il est amené à collaborer avec Molière et Lully, notamment sur la création des décors du *Bourgeois gentilhomme*.

Thomas Blanchet

Dans le chapitre 3, Louison monte au grenier et découvre une dizaine de portraits de sa mère datant de leur vie à Lyon. Ils sont signés par monsieur Blanchet, que Louison décrit comme étant le plus grand peintre de Lyon. Cette référence renvoie une nouvelle fois à un personnage historique du XVIIe siècle, puisque Thomas Blanchet est en effet un peintre lyonnais, né en 1614 et mort en 1689. À Lyon, il devient décorateur du nouvel hôtel de ville en 1655. Il est nommé peintre officiel de la ville en 1675. Plus tard, en 1681, il fonde à Lyon une académie de peinture. Ses œuvres sont peu connues.

La majorité de ces éléments biographiques des personnages historiques présentés concorde avec les éléments présents dans le livre, rendant ainsi compte du caractère historique de la fiction de Helgerson. Bien entendu, ce caractère historique est mêlé à des éléments fictifs, issus de l'imagination de l'auteure et de son interprétation de l'histoire, qui fait de son ouvrage un roman de fiction.

INTERTEXTUALITÉ

Gérard Genette définit l'intertextualité comme « une relation de coprésence entre deux ou plusieurs textes, c'est-à-dire [...] par la présence effective d'un texte dans un autre. Sous sa forme la plus explicite et la plus littérale, c'est la pratique traditionnelle de la citation [...] ; sous une forme moins explicite et moins canonique, celle du plagiat [...], qui est un emprunt non déclaré, mais encore littéral ; sous forme encore moins explicite et moins littérale, celle de l'allusion » (1982 : 8).

Dans le cas de *Louison et M. Molière*, nous pouvons donc parler d'intertextualité dans la mesure où deux textes sont explicitement cités à plusieurs reprises dans l'ouvrage. Non seulement les titres des ouvrages sont mentionnés, à savoir *Le Bourgeois gentilhomme* de Molière et *Le Malade imaginaire*, mais le texte est directement cité sous forme de citation, lorsque Louison répète les scènes de la pièce ou que les acteurs la jouent sur scène. Le texte est donc présent de plusieurs façons : à travers des mentions directes, des citations et la mise en scène de la pièce dans l'œuvre.

Le roman introduit deux intertextes majeurs, liés directement à l'époque et aux thèmes étudiés, à savoir le XVIIe siècle et le théâtre de Molière.

Le Bourgeois gentilhomme

Il s'agit d'une comédie-ballet en 5 actes écrite par Molière en prose. La musique est composée par Jean-Baptiste Lully. La pièce est représentée pour la première fois en 1670 au château de Chambord devant la cour du roi Louis XIV.

La pièce raconte l'histoire de Monsieur Jourdain, interprété par Molière, un bourgeois devenu riche qui cherche par tous les moyens à ressembler à un homme de la haute société en adoptant leurs manières. Il apprend ainsi à manier les armes, la danse, la musique et la philosophie. Vaniteux et capricieux, il refuse que sa fille Lucile se marie avec Cléonte, ce dernier n'étant pas un gentilhomme. Cléonte décide alors de rentrer dans le jeu de son futur beau-père en adoptant les manières de la noblesse.

Le Malade imaginaire

Cette pièce – la dernière de Molière – est présentée pour la première fois le 10 février 1673 au théâtre du Palais-Royal, quelques jours à peine avant la mort de Molière. Il s'agit d'une comédie-ballet en trois actes.

Elle met en scène Argan, joué par Molière, qui est le malade imaginaire. Hypocondriaque, Argan croit qu'il est gravement malade et veut s'entourer de médecins. Sa femme Béline fait semblant de prendre soin de lui, mais n'attend en réalité qu'une seule chose : qu'il meurt pour pouvoir hériter de son argent. Angélique, sa fille, est amoureuse de Cléante, un choix qui ne convient pas à son père qui voudrait qu'elle épouse un médecin pour pouvoir avoir autant de soins médicaux qu'il le souhaite. Pour tester les sentiments de ses proches, Argan se fait passer pour mort. Il se rend compte alors de l'hypocrisie de Béline et de la tendresse que lui porte Angélique. Il accepte finalement l'union de sa fille avec Cléante, mais exige tout de même qu'il devienne médecin.

La présence du texte *Le malade imaginaire* permet d'aborder un thème récurrent dans le roman : la frontière entre la réalité et la fiction. Dans *Louison et M. Molière*, il y a quatre scènes montrant un personnage tombant mort : deux fictives et deux « réelles ». La première est celle de Louison qui cherche à attirer l'attention des adultes. M. Molière, inquiet, croit qu'elle est réellement morte, et la félicite pour avoir donné une impression de réel à l'imaginaire. Inspiré, il reproduit cette scène dans la pièce de théâtre *Le Malade imaginaire*, où Louison interprète un personnage du même nom feignant sa mort auprès de son père, qui tombe dans le piège. Argan reproduit ensuite la même scène. Cependant, la réalité rattrape la fiction lorsque M. Molière, qui interprète Argan, s'écroule sur scène, réellement malade.

À de nombreuses reprises, le sujet du mélange entre réalité et fiction est abordé dans le roman, notamment pour désigner le métier d'acteur. Lorsque les Ursulines apprennent que Louison veut devenir actrice et que ses parents le sont déjà, elles s'affolent : pour elle, les acteurs sont des menteurs qui détournent la réalité. Lorsque Louison monte sur scène pour la première fois, elle se rappelle les conseils de M. Molière qui lui disait que le public devait douter de ce qui était vrai et ce qui ne l'était pas. Quand elle tombe morte sur scène, elle se rend compte que le public ne sait pas s'il doit rire ou s'inquiéter pour elle. Quand M. Molière fait un malaise sur scène, le public ne différencie pas la réalité de son rôle du malade. À plusieurs moments, la fiction devient réalité : la mort de M. Molière, mais aussi le couple de Louison et Beaubour, amants sur scène puis dans la vraie vie.

En réalité, ce thème fait écho à l'entièreté du roman, basé sur le mélange entre faits réels et historiques, et imagination.

LE THÉÂTRE AU XVIIᵉ SIÈCLE

L'intérêt d'un roman de fiction historique tel que *Louison et M. Molière* est qu'il permet aux lecteurs – jeunes dans ce cas-ci – de se familiariser avec une époque spécifique et des faits historiques. Comme nous l'avons vu, il permet d'approcher des personnages et des textes littéraires importants de la littérature française, mais également les conditions du théâtre et de la vie de comédien au XVIIe siècle.

Le XVIIe siècle est un siècle prolifique pour le théâtre. Cependant, si cette époque a vu naitre des acteurs et dramaturges de talent (Molière, Racine, Corneille, entre autres), ceux-ci avaient une vie difficile. En effet, être comédien au XVIIe siècle signifiait être excommunié, car le métier était considéré comme immoral. Aux yeux de l'Église, la comédie, en particulier, exacerbait les dangers communs à toutes les formes de théâtre : « il excite les passions que la vie chrétienne s'efforce de combattre » (Mazouer 2015 : 462). Comme les personnages des Ursulines dans *Louison et monsieur Molière* le démontrent, selon la religion, les acteurs étaient des menteurs qui détournaient la réalité pour se moquer des autres, pervertissaient la société et empoisonnaient les âmes. Ainsi, les comédiens ne pouvaient pas être enterrés, par exemple. Le roman rend compte de cette réalité lorsqu'il explique que Madeleine a dû renoncer au métier d'actrice avant de mourir afin de pouvoir être enterrée au cimetière.

Molière n'échappa pas aux critiques de l'Église. En effet, il était un moraliste classique, comme l'explique Charles Mazouer : il voulait analyser l'homme et l'observer dans la société contemporaine. En tant que tel, il a eu l'audace de franchir des limites religieuses et s'est heurté à l'ordre religieux de son époque. Certaines de ses pièces ont par ailleurs suscité de nombreuses polémiques, notamment *L'École des femmes*, *Tartuffe* et *Dom Juan* (2015 : 457). Cela lui a également valu l'étiquette de « libertin », car il proposait dans son théâtre des idées et valeurs éloignées du christianisme (Mazouer 2015 : 499).

Cependant, si officiellement l'Église ne cessa de condamner le théâtre comique, nombreux étaient les admirateurs de Molière et de la comédie en général qui étaient membres du clergé et des religieux catholiques. Pour que la comédie du XVIIe siècle ait tant marqué l'histoire du théâtre, il est évident qu'une majorité de chrétiens ait en réalité résisté aux condamnations de l'Église. Le roi Louis XIV était par ailleurs le plus grand admirateur de Molière tout en étant très chrétien (Mazouer 2015 : 458).

PISTES DE RÉFLEXION

QUELQUES QUESTIONS
POUR APPROFONDIR SA RÉFLEXION...

- Analysez la relation entre M. Molière et Louison. Par quoi cette relation est-elle motivée ? En quoi les motivations de Louison sont-elles différentes ou semblables à celles de M. Molière ?

- Que représente l'image de couverture du roman et pourquoi est-elle adaptée à l'œuvre étudiée ?

- Comment Louison décrit-elle la répartition des spectateurs dans la salle de théâtre et qu'est-ce que cela nous apprend sur le déroulement des évènements sociaux tels que les représentations théâtrales au XVIIe siècle ?

- Relevez et analysez les passages du roman qui permettent de cerner la relation entre Louison et sa mère. Comment cette relation évolue-t-elle et quels éléments contribuent à cette évolution ?

- Selon vous, quels facteurs internes et externes au personnage permettent à Louison de devenir actrice ?

- Analyser les habitudes de vie de la famille Beauval. Qu'est-ce que celles-ci signifient au niveau de leur statut social ?

- Repérez un autre intertexte dans le roman. De quel texte s'agit-il ? Qu'apporte-t-il à l'œuvre ?

- Quels sont les lieux réels cités dans le roman ? En quoi est-ce pertinent de les citer et qu'apportent ces mentions au roman ?

POUR ALLER PLUS LOIN

ÉDITION DE RÉFÉRENCE

- HELGERSON, M-C., *Louison et monsieur Molière*. Paris, Flammarion, 2019.

ÉTUDES DE RÉFÉRENCE

- « Pierre Trochon dit Sieur de Beaubour », in *La Comédie française*. URL : https://www.comedie-francaise.fr/fr/artiste/beaubour-monsieur [Consulté le 10/10/2021].

- « Mademoiselle Beaubour », in *La Comédie française*. URL : https://www.comedie-francaise.fr/fr/artiste/beaubour-mademoiselle [Consulté le 10/10/2021].

- « Mademoiselle Beauval », in *La Comédie française*. URL : https://www.comedie-francaise.fr/fr/artiste/beauval-mademoiselle [Consulté le 10/10/2021].

- « Jean Pitel dit Sieur de Beauval », in *La Comédie française*. URL : https://www.comedie-francaise.fr/fr/artiste/beauval-monsieur [Consulté le 10/10/2021].

- « Béjart », in *Larousse. Encyclopédie*. URL : https://www.larousse.fr/encyclopedie/groupe-personnage/B%C3%A9jart/108196 [Consulté le 09/10/2021].

- « Jean-Baptiste Lully », in *Larousse. Encyclopédie*. URL : https://www.larousse.fr/encyclopedie/personnage/Jean-Baptiste _Lully/130652 [Consulté le 09/10/2021].

- « Molière », in *Larousse. Encyclopédie.* URL : https://www.larousse.fr/encyclopedie/personnage/Jean-Baptiste_Poquelin_dit_Moli%C3%A8re/133609 [Consulté le 09/10/2021].

- « Thomas Blanchet », in *Larousse. Encyclopédie.* URL : https://www.larousse.fr/encyclopedie/peinture/Thomas_Blanchet/151166 [Consulté le 09/10/2021].

- DE LA GORCE J., *Carlo Vigarani, intendant des plaisirs de Louis XIV.* Éditions Perrin et Château de Versailles, coll. « Les métiers de Versailles », 2005.

- GENETTE G., *Palimpsestes.* Paris, Seuil, 1982.

- MAZOUER C., « Le théâtre comique et la religion », *Théâtre et christianisme. Études sur l'ancien théâtre français.* Paris, Honoré Champion, 2015, p. 457-499.

- MOLIÈRE, *Œuvres complètes.* Paris, Éditions du Seuil, 1962.

lePetitLittéraire.fr

- un résumé complet de l'intrigue ;
- une étude des personnages principaux ;
- une analyse des thématiques principales ;
- une dizaine de pistes de réflexion.

**Retrouvez
notre offre complète sur**
lePetitLittéraire.fr

www.lepetitlitteraire.fr

ISBN version numérique : 9782808024433
ISBN version papier : 9782808024440
Dépôt légal : D/2021/12603/61

Conception numérique : Primento,
le partenaire numérique des éditeurs.